La Folie du Jour

Station Hill

Translated by Lydia Davis

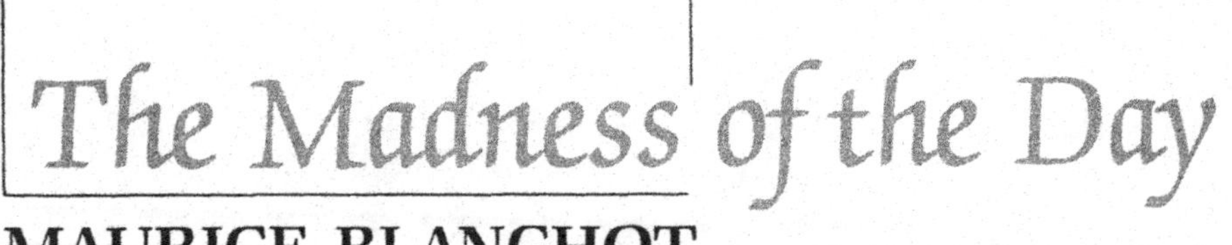

MAURICE BLANCHOT

First English language edition

Originally published in French under the title *La folie du jour.* Copyright © 1973 by Editions Fata Morgana.
An earlier version of this translation appeared in *Tri-Quarterly* 40 (1977).

Translation text editor: George Quasha

Published by Station Hill Press in Barrytown, New York, aided by grants from the National Endowment for the Arts and the New York State Council on the Arts.

Produced at Open Studio in Rhinebeck, New York, a non-profit facility for independent publishers and individual artists, funded in part by grants from the National Endowment for the Arts and the New York State Council on the Arts.

ISBN 0-930794-36-2 (pbk.)
ISBN 0-930794-39-7 (cloth)

Manufactured in the United States of America.

The Madness of the Day

I am not learned; I am not ignorant. I have known joys. That is saying too little: I am alive, and this life gives me the greatest pleasure. And what about death? When I die (perhaps any minute now), I will feel immense pleasure. I am not talking about the foretaste of death, which is stale and often disagreeable. Suffering dulls the senses. But this is the remarkable truth, and I am sure of it: I experience boundless pleasure in living, and I will take boundless satisfaction in dying.

I have wandered; I have gone from place to place. I

have stayed in one place, lived in a single room. I have been poor, then richer, then poorer than many people. As a child I had great passions, and everything I wanted was given to me. My childhood has disappeared, my youth is behind me. It doesn't matter. I am happy about what has been, I am pleased by what is, and what is to come suits me well enough.

Is my life better than other people's lives? Perhaps. I have a roof over my head and many do not. I do not have leprosy, I am not blind, I see the world—what extraordinary happiness! I see this day, and outside it there is nothing. Who could take that away from me? And when this day fades, I will fade along with it—a thought, a certainty, that enraptures me.

I have loved people, I have lost them. I went mad when that blow struck me, because it is hell. But there was no witness to my madness, my frenzy was not evident; only my innermost being was mad. Sometimes I became enraged. People would say to me, "Why are you so calm?" But I was scorched from head to foot; at night I would run through the streets and howl; during the day I would work calmly.

Shortly afterward, the madness of the world broke out. I was made to stand against the wall like many others. Why? For no reason. The guns did not go off. I said to myself, God, what are you doing? At that point I stopped being insane. The world hesitated, then regained its equilibrium.

As reason returned to me, memory came with it, and

I saw that even on the worst days, when I thought I was utterly and completely miserable, I was nevertheless, and nearly all the time, extremely happy. That gave me something to think about. The discovery was not a pleasant one. It seemed to me that I was losing a great deal. I asked myself, wasn't I sad, hadn't I felt my life breaking up? Yes, that had been true; but each minute, when I stayed without moving in a corner of the room, the cool of the night and the stability of the ground made me breathe and rest on gladness.

Men want to escape from death, strange beings that they are. And some of them cry out "Die, die" because they want to escape from life. "What a life. I'll kill myself. I'll give in." This is lamentable and strange; it is a mistake.

Yet I have met people who have never said to life, "Quiet!", who have never said to death, "Go away!" Almost always women, beautiful creatures. Men are assaulted by terror, the night breaks through them, they see their plans annihilated, their work turned to dust. They who were so important, who wanted to create the world, are dumfounded; everything crumbles.

Can I describe my trials? I was not able to walk, or breathe, or eat. My breath was made of stone, my body of water, and yet I was dying of thirst. One day they thrust me into the ground; the doctors covered me with mud. What work went on at the bottom of that earth! Who says it's cold? It's a bed of fire, it's a bramble bush. When I got up I could feel nothing. My sense of touch was floating six feet away from me; if anyone entered my room, I would cry out, but the knife was serenely cutting me up. Yes, I became a skeleton. At night my thinness would rise up before me to terrify me. As it came and went it insulted me, it tired me out; oh, I was certainly very tired.

Am I an egoist? I feel drawn to only a few people, pity no one, rarely wish to please, rarely wish to be pleased, and I, who am almost unfeeling where I myself am concerned, suffer only in them, so that their slightest worry becomes an infinitely great misfortune for me, and even so, if I have to, I deliberately sacrifice them, I deprive them of every feeling of happiness (sometimes I kill them).

I came out of the muddy pit with the strength of maturity. What was I before? I was a bag of water, a lifeless extension, a motionless abyss. (Yet I knew who I was; I lived on, did not fall into nothingness.) People came to see me from far away. Children played near me. Women lay down on the ground to give me their hands. I have been young, too. But the void certainly disappointed me.

I am not timid, I've been knocked around. Someone (a man at his wit's end) took my hand and drove his knife into it. Blood everywhere. Afterward he was trembling. He held out his hand to me so that I could nail it to the table or against a door. Because he had gashed me like that, the man, a lunatic, thought he was now my friend; he pushed his wife into my arms; he followed me through the streets crying, "I am damned, I am the plaything of an immoral delirium, I confess, I confess." A strange sort of lunatic. Meanwhile the blood was dripping on my only suit.

I lived in cities most of the time. For a while I led a

public life. I was attracted to the law, I liked crowds. Among other people I was unknown. As nobody, I was sovereign. But one day I grew tired of being the stone that beats solitary men to death. To tempt the law, I called softly to her, "Come here; let me see you face to face." (For a moment I wanted to take her aside.) It was a foolhardy appeal. What would I have done if she had answered?

I must admit I have read many books. When I disappear, all those volumes will change imperceptibly; the margins will become wider, the thought more cowardly. Yes, I have talked to too many people, I am struck by that now; to me, each person was an entire people. That vast other person made me much more than I would have liked. Now my life is surprisingly secure; even fatal diseases find me too tough. I'm sorry, but I must bury a few others before I bury myself.

I was beginning to sink into poverty. Slowly, it was drawing circles around me; the first seemed to leave me everything, the last would leave me only myself. One day, I found myself confined in the city; travelling was no longer more than a fantasy. I could not get through on the telephone. My clothes were wearing out. I was suffering from the cold; springtime, quick. I went to libraries. I had become friends with someone who worked in one, and he took me down to the overheated basement. In order to be useful to him I blissfully galloped along tiny gangways and brought him books which he then sent on to the gloomy spirit of reading. But that spirit hurled against me words that were not very kind; I shrank before its eyes; it saw me for what I was, an insect, a creature with mandibles who had come up from the dark regions of poverty. Who was I? It would have thrown me into great perplexity to answer that question.

Outdoors, I had a brief vision: a few steps away from me, just at the corner of the street I was about to leave, a woman with a baby carriage had stopped, I could not see her very well, she was manoeuvering the carriage to get it through the outer door. At that moment a man whom I had not seen approaching went in through that door. He had already stepped across the sill when he moved backward and came out again. While he stood next to the door, the baby carriage, passing in front of him, lifted slightly to cross the sill, and the young woman, after raising her head to look at him, also disappeared inside.

This brief scene excited me to the point of delirium. I was undoubtedly not able to explain it to myself fully and yet I was sure of it, that I had seized the moment when the day, having stumbled against a real event, would begin hurrying to its end. Here it comes, I said to myself, the end is coming; something is happening, the end is beginning. I was seized by joy.

I went to the house but did not enter. Through the opening I saw the black edge of a courtyard. I leaned against the outer wall; I was really very cold. As the cold wrapped around me from head to foot, I slowly felt my great height take on the dimensions of this boundless cold; it grew tranquilly, according to the laws of its true nature, and I lingered in the joy and perfection of this happiness, for one moment my head as high as the stone of the sky and my feet on the pavement.

All that was real; take note.

I had no enemies. No one bothered me. Sometimes a vast solitude opened in my head and the entire world disappeared inside it, but came out again intact, without a scratch, with nothing missing. I nearly lost my sight, because someone crushed glass in my eyes. That blow unnerved me, I must admit. I had the feeling I was going back into the wall, or straying into a thicket of flint. The worst thing was the sudden, shocking cruelty of the day; I could not look, but I could not help looking. To see was terrifying, and to stop seeing tore me apart from my forehead to my throat. What was more, I heard hyena cries that exposed me to the threat of a wild animal (I think those cries were my own).

Once the glass had been removed, they slipped a thin film under my eyelids and over my eyelids they laid walls of cotton wool. I was not supposed to talk because talking pulled at the anchors of the bandage. "You were asleep," the doctor told me later. I was asleep! I had to hold my own against the light of seven days—a fine conflagration! Yes, seven days at once, the seven deadly lights, become the spark of a single moment, were calling me to account. Who would have imagined that? At times I said to myself, "This is death. In spite of everything, it's really worth it, it's impressive." But often I lay dying without saying anything. In the end, I grew convinced that I was face to face with the madness of the day. That was the truth: the light was going mad, the brightness had lost all reason: it assailed me irrationally, without control, without purpose.

That discovery bit straight through my life.

I was asleep! When I woke up I had to listen to a man ask me, "Are you going to sue?" A curious question to ask someone who has just been directly dealing with the day.

Even after I recovered, I doubted that I was well. I could not read or write. I was surrounded by a misty North. But this was what was strange: although I had not forgotten the agonizing contact with the day, I was wasting away from living behind curtains in dark glasses. I wanted to see something in full daylight; I was sated with the pleasure and comfort of the half light; I had the same desire for the daylight as for water and air. And if seeing was fire, I required the plenitude of fire, and if seeing would infect me with madness, I madly wanted that madness.

They gave me a modest position in the institution. I answered the telephone. The doctor ran a pathology laboratory (he was interested in blood), and people would come and drink some kind of drug. Stretched out on small beds, they would fall asleep. One of them used a remarkable stratagem: after drinking the prescribed drug, he took poison and fell into a coma. The doctor called it a rotten trick. He revived him and "brought suit" against him for this fraudulent sleep. Really! It seems to me this sick man deserved better.

Even though my sight had hardly weakened at all, I walked through the streets like a crab, holding tightly onto the walls, and whenever I let go of them dizziness surrounded my steps. I often saw the same poster on these walls; it was a simple poster with rather large letters: *You want this too.*

Of course I wanted it, and every time I came upon these prominent words, I wanted it.

Yet something in me quickly stopped wanting. Reading was a great weariness for me. Reading tired me no less than speaking, and the slightest true speech I uttered required some kind of strength that I did not have. I was told, "You accept your difficulties very complacently." This astonished me. At the age of twenty, in the same situation, no one would have noticed me. At forty, somewhat poor, I was becoming destitute. And where had this distressing appearance come from? I think I picked it up in the street. The streets did not enrich me, as by all rights they should have. Quite the contrary. As I walked along the sidewalks, plunged into the bright lights of the subways, turned down beautiful avenues where the city radiated superbly, I became extremely dull, modest, and tired. Absorbing an inordinate share of the anonymous ruin, I then attracted all the more attention because this ruin was not meant for me and was making of me something rather vague and formless; for this reason it seemed affected, unashamed. What is irritating about poverty is that it is visible, and anyone who sees it thinks: You see, I'm being accused; who is attacking me? But I did not in the least wish to carry justice around on my clothes.

They said to me (sometimes it was the doctor, sometimes the nurses), "You're an educated man, you have talents; by not using abilities which, if they were divided among ten people who lack them, would allow them to live, you are depriving them of what they don't have, and your poverty, which could be avoided, is an insult to their needs." I asked, "Why these lectures? Am I stealing my own place? Take it back from me." I felt I was surrounded by unjust thoughts and spiteful reasoning. And who were they setting against me? An invisible learning that no one could prove and that I myself searched for without success. I was an educated man! But perhaps not all the time. Talented? Where were these talents that were made to speak like gowned judges sitting on benches, ready to condemn me day and night?

I liked the doctors quite well, and I did not feel belittled by their doubts. The annoying thing was that their authority loomed larger by the hour. One is not aware of it, but these men are kings. Throwing open my rooms, they would say, "Everything here belongs to us." They would fall upon my scraps of thought: "This is ours." They would challenge my story: "Talk," and my story would put itself at their service. In haste, I would rid myself of myself. I distributed my blood, my innermost being among them, lent them the universe, gave them the day. Right before their eyes, though they were not at all startled, I became a drop of water, a spot of ink. I reduced myself to them. The whole of me passed in full view before them, and when at last nothing was present but my perfect nothingness and there was nothing more to see, they ceased to see me too. Very irritated, they stood up and cried out, "All right, where are you? Where are you hiding? Hiding is forbidden, it is an offense," etc.

Behind their backs I saw the silhouette of the law. Not the law everyone knows, which is severe and hardly very agreeable; this law was different. Far from falling prey to her menace, I was the one who seemed to terrify her. According to her, my glance was a bolt of lightning and my hands were motives for perishing. What's more, the law absurdly credited me with all powers; she declared herself perpetually on her knees before me. But she did not let me ask anything and when she had recognized my right to be everywhere, it meant I had no place anywhere. When she set me above the authorities, it meant, You are not authorized to do anything. If she humbled herself, You don't respect me.

I knew that one of her aims was to make me "see justice done." She would say to me, "Now you are a special case; no one can do anything to you. You can talk, nothing commits you; oaths are no longer binding to you; your acts remain without a consequence. You step all over me, and here I am, your servant forever." Servant? I did not want a servant at any price.

She would say to me, "You love justice." "Yes, I think so." "Why do you let justice be offended in your person, which is so remarkable?" "But my person is not remarkable to me." "If justice becomes weak in you, she will weaken in others, who will suffer because of it." "But this business doesn't concern her." "Everything concerns her." "But as you said, I'm a special case." "Special if you act—never, if you let others act."

She was reduced to saying futile things: "The truth is that we can never be separated again. I will follow you everywhere. I will live under your roof; we will share the same sleep."

I had allowed myself to be locked up. Temporarily,

they told me. All right, temporarily. During the outdoor hours, another resident, an old man with a white beard, jumped on my shoulders and gesticulated over my head. I said to him, "Who are you, Tolstoy?" Because of that the doctor thought I was truly crazy. In the end I was walking everyone around on my back, a knot of tightly entwined people, a company of middle-aged men, enticed up there by a vain desire to dominate, an unfortunate childishness, and when I collapsed (because after all I was not a horse) most of my comrades, who had also tumbled down, beat me black and blue. Those were happy times.

The law was sharply critical of my behavior: "You were very different when I knew you before." "Very different?" "People didn't make fun of you with impunity. To see you was worth one's life. To love you meant death. Men dug pits and buried themselves in them to get out of your sight. They would say to each other, 'Has he gone by? Blessed be the earth that hides us.'" "Were they so afraid of me?" "Fear was not enough for you, nor praise from the bottom of the heart, nor an upright life, nor humility in the dust. And above all, let no one question me. Who even dares to think of me?"

She got strangely worked up. She exalted me, but only to raise herself up in her turn. "You are famine, discord, murder, destruction." "Why all that?" "Because I am the angel of discord, murder, and the end." "Well," I said to her, "that's more than enough to get us both locked up." The truth was that I liked her. In these surroundings, overpopulated by men, she was the only feminine element. Once she had made me touch her knee—a strange feeling.

I had said as much to her: "I am not the kind of man who is satisfied with a knee!" Her answer: "That would be disgusting!"

This was one of her games. She would show me a part of space, between the top of the window and the ceiling. "You are there," she said. I looked hard at that point. "Are you there?" I looked at it with all my might. "Well?" I felt the scars fly off my eyes, my sight was a wound, my head a hole, a bull disemboweled. Suddenly she cried out, "Oh, I see the day, oh God," etc. I protested that this game was tiring me out enormously, but she was insatiably intent upon my glory.

Who threw glass in your face? That question would reappear in all the other questions. It was not posed more directly than that, but was the crossroads to which all paths led. They had pointed out to me that my answer would not reveal anything, because everything had long since been revealed. "All the more reason not to talk." "Look, you're an educated man; you know that silence attracts attention. Your dumbness is betraying you in the most foolish way." I would answer them, "But my silence is real. If I hid it from you, you would find it again a little farther on. If it betrays me, all the better for you, it helps you, and all the better for me, whom you say you are helping." So they had to move heaven and earth to get to the bottom of it.

I had become involved in their search. We were all like masked hunters. Who was being questioned? Who was answering? One became the other. The words spoke by themselves. The silence entered them, an excellent refuge, since I was the only one who noticed it.

I had been asked: Tell us "*just* exactly" what happened. A story? I began: I am not learned; I am not ignorant. I have known joys. That is saying too little. I told them the whole story and they listened, it seems to me, with interest, at least in the beginning. But the end was a surprise to all of us. "That was the beginning," they said. "Now get down to the facts." How so? The story was over!

I had to acknowledge that I was not capable of forming a story out of these events. I had lost the sense of the story; that happens in a good many illnesses. But this explanation only made them more insistent. Then I noticed for the first time that there were two of them and that this distortion of the traditional method, even though it was explained by the fact that one of them was an eye doctor, the other a specialist in mental illness, constantly gave our conversation the character of an authoritarian interrogation, overseen and controlled by a strict set of rules. Of course neither of them was the chief of police. But because there were two of them, there were three, and this third remained firmly convinced, I am sure, that a writer, a man who speaks and who reasons with distinction, is always capable of recounting facts that he remembers.

A story? No. No stories, never again.

La Folie du Jour

Je ne suis ni savant ni ignorant. J'ai connu des joies. C'est trop peu dire: je vis, et cette vie me fait le plaisir le plus grand. Alors, la mort? Quand je mourrai (peut-être tout à l'heure), je connaîtrai un plaisir immense. Je ne parle pas de l'avant-goût de la mort qui est fade et souvent désagréable. Souffrir est abrutissant. Mais telle est la vérité remarquable dont je suis sûr: j'éprouve à vivre un plaisir sans limites et j'aurai à mourir une satisfaction sans limites.

J'ai erré, j'ai passé d'endroit en endroit. Stable, j'ai demeuré dans une seule chambre. J'ai été pauvre, puis plus riche, puis plus pauvre que beaucoup. Enfant, j'avais de grandes passions, et tout ce que je désirais, je l'obtenais. Mon enfance a disparu, ma jeunesse est sur les routes. Il n'importe: ce qui a été, j'en suis heureux, ce qui est me plaît, ce qui vient me convient.

Mon existence est-elle meilleure que celle de tous? Il se peut. J'ai un toit, beaucoup n'en ont pas. Je n'ai pas la lèpre, je ne suis pas aveugle, je vois le monde, bonheur extraordinaire. Je le vois, ce jour hors duquel il n'est rien. Qui pourrait m'enlever cela? Et ce jour s'effaçant, je m'effacerai avec lui, pensée, certitude qui me transporte.

J'ai aimé des êtres, je les ai perdus. Je suis devenu fou quand ce coup m'a frappé, car c'est un enfer. Mais ma folie est restée sans témoin, mon égarement n'apparaissait pas, mon intimité seule était folle. Quelquefois, je devenais furieux. On me disait: Pourquoi êtes-vous si calme? Or, j'étais brûlé des pieds à la tête; la nuit, je courais les rues, je hurlais; le jour, je travaillais tranquillement.

Peu après, la folie du monde se déchaîna. Je fus mis au mur comme beaucoup d'autres. Pourquoi? Pour rien. Les fusils ne partirent pas. Je me dis: Dieu, que fais-tu? Je cessai alors d'être insensé. Le monde hésita, puis reprit son équilibre.

Avec la raison, le souvenir me revint et je vis que même aux pires jours, quand je me croyais parfaitement et entièrement malheureux, j'étais cependant, et presque tout le temps, extrêmement heureux. Cela me donna à réfléchir. Cette découverte n'était pas agréable. Il me semblait que je perdais beaucoup. Je m'interrogeai: n'étais-je pas triste, n'avais-je pas senti ma vie se fendre? Oui, cela avait été; mais, à chaque minute, quand je me levais et courais par les rues, quand je restais immobile dans un coin de chambre, la fraîcheur de la nuit, la stabilité du sol me faisaient respirer et reposer sur l'allégresse.

Les hommes voudraient échapper à la mort, bizarre espèce. Et quelques-uns crient, mourir, mourir, parce qu'ils voudraient échapper à la vie. "Quelle vie, je me tue, je me rends." Cela est pitoyable et étrange, c'est une erreur.

J'ai pourtant rencontré des êtres qui n'ont jamais dit à la vie, tais-toi, et jamais à la mort, va-t'en. Presque toujours des femmes, de belles créatures. Les hommes, la terreur les assiège, la nuit les perce, ils voient leurs projets anéantis, leur travail réduit en poussière, ils sont stupéfaits, eux si importants qui voulaient faire le monde, tout s'écroule.

Puis-je décrire mes épreuves? Je ne pouvais ni marcher, ni respirer, ni me nourrir. Mon souffle était de la pierre, mon corps de l'eau, et pourtant je mourais de soif. Un jour, on m'enfonça dans le sol, les médecins me couvrirent de boue. Quel travail au fond de cette terre. Qui la dit froide? C'est du feu, c'est un buisson de ronces. Je me relevai tout à fait insensible. Mon tact errait à deux mètres: si l'on entrait dans ma chambre, je criais, mais le couteau me découpait tranquillement. Oui, je devins un squelette. Ma maigreur, la nuit, se dressait devant moi pour m'épouvanter. Elle m'injuriait, me fatiguait à aller et venir; ah, j'étais bien fatigué.

Suis-je égoïste? Je n'ai de sentiments que pour quelques-uns, de pitié pour personne, ayant rarement envie de plaire, rarement envie qu'on me plaise, et moi, pour moi à peu près insensible, je ne souffre qu'en eux, de telle sorte que leur moindre gêne me devient un mal infini et que toutefois, s'il le faut, je les sacrifie délibérément, je leur ôte tout sentiment heureux (il m'arrive de les tuer).

De la fosse de boue, je suis sorti avec la vigueur de la maturité. Avant, qu'étais-je? Un sac d'eau, j'étais une étendue morte, une profondeur dormante. (Pourtant, je savais qui j'étais, je durais, je ne tombais pas au néant.) On venait me voir de loin. Les enfants jouaient à mes côtés. Les femmes se couchaient par terre pour me donner la main. Moi aussi, j'ai eu ma jeunesse. Mais le vide m'a bien déçu.

Je ne suis pas craintif, j'ai reçu des coups. Quelqu'un (un homme exaspéré) m'a pris la main et y a planté son couteau. Que de sang. Après, il tremblait. Il m'offrait sa main pour que je la cloue sur la table ou contre une porte. Parce qu'il m'avait fait cette entaille, l'homme, un fou, se croyait devenu mon ami; il me poussait sa femme dans les bras; il me suivait dans la rue en criant: "Je suis damné, je suis le jouet d'un délire immoral, confession, confession." Un étrange fou. Pendant ce temps, le sang dégouttait sur mon unique costume.

Je vivais surtout dans les villes. J'ai été quelque temps un homme public. La loi m'attirait, la multitude me plaisait. J'ai été obscur dans autrui. Nul, j'ai été souverain. Mais un jour je me lassai d'être la pierre qui lapide les hommes seuls. Pour la tenter, j'appelai doucement la loi: "Approche, que je te voie face à face." (Je voulais, un instant, la prendre à part.) Imprudent appel, qu'aurais-je fait si elle avait répondu?

Je dois l'avouer, j'ai lu beaucoup de livres. Quand je disparaîtrai, insensiblement tous ces volumes changeront; plus grandes les marges, plus lâche la pensée. Oui, j'ai parlé à trop de personnes, cela me frappe aujourd'hui; chaque personne a été un peuple pour moi. Cet immense autrui m'a rendu moi-même bien plus que je ne l'aurais voulu. Maintenant, mon existence est d'une solidité surprenante; même les maladies mortelles me jugent coriace. Je m'en excuse, mais il faut que j'en enterre quelques-uns avant moi.

Je commençais à tomber dans la misère. Elle traçait lentement autour de moi des cercles dont le premier semblait me laisser tout, dont le dernier ne me laisserait que moi. Un jour, je me trouvai enfermé dans la ville; voyager n'était plus qu'une fable. Le téléphone cessa de répondre. Mes vêtements s'usaient. Je souffrais du froid; le printemps, vite. J'allai dans les bibliothèques. Je m'étais lié avec un employé qui me faisait descendre dans les bas-fonds surchauffés. Pour lui rendre service, je galopais joyeusement sur des passerelles minuscules et je lui rapportais des volumes qu'il transmettait ensuite au sombre esprit de la lecture. Mais cet esprit lança contre moi des paroles peu aimables; sous ses yeux, je rapetissai; il me vit tel que j'étais, un insecte, une bête à mandibules venue des régions obscures de la misère. Qui étais-je? Répondre à cette question m'aurait jeté dans de grands soucis.

Dehors, j'eus une courte vision: il y avait à deux pas, juste à l'angle de la rue que je devais quitter, une femme arrêtée avec une voiture d'enfant, je ne l'apercevais qu'assez mal, elle manoeuvrait la voiture pour la faire entrer par la porte cochère. A cet instant entra par cette porte un homme que je n'avais pas vu s'approcher. Il avait déjà enjambé le seuil quand il fit un mouvement en arrière et ressortit. Tandis qu'il se tenait à côté de la porte, la voiture d'enfant, passant devant lui, se souleva légèrement pour franchir le seuil et la jeune femme, après avoir levé la tête pour le regarder, disparut à son tour.

Cette courte scène me souleva jusqu'au délire. Je ne pouvais sans doute pas complètement me l'expliquer et cependant j'en étais sûr, j'avais saisi l'instant à partir duquel le jour, ayant buté sur un événement vrai, allait se hâter vers sa fin. Voici qu'elle arrive, me disais-je, la fin vient, quelque chose arrive, la fin commence. J'étais saisi par la joie.

J'allai à cette maison, mais sans y entrer. Par l'orifice, je voyais le commencement noir d'une cour. Je m'appuyai au mur du dehors, j'avais certes très froid; le froid m'enveloppant des pieds à la tête, je sentais lentement mon énorme stature prendre les dimensions de ce froid immense, elle s'élevait tranquillement selon les droits de sa nature véritable et je demeurais dans la joie et la perfection de ce bonheur, un instant la tête aussi haut que la pierre du ciel et les pieds sur le macadam.

Tout cela était réel, notez-le.

Je n'avais pas d'ennemis. Je n'étais gêné par personne. Quelquefois dans ma tête se créait une vaste solitude où le monde disparaissait tout entier, mais il sortait de là intact, sans une égratignure, rien n'y manquait. Je faillis perdre la vue, quelqu'un ayant écrasé du verre sur mes yeux. Ce coup m'ébranla, je le reconnais. J'eus l'impression de rentrer dans le mur, de divaguer dans un buisson de silex. Le pire, c'était la brusque, l'affreuse cruauté du jour; je ne pouvais ni regarder ni ne pas regarder; voir c'était l'épouvante, et cesser de voir me déchirait du front à la gorge. En outra, j'entendais des cris d'hyène qui me mettaient sous la menace d'une bête sauvage (ces cris, je crois, étaient les miens).

Le verre ôté, on glissa sous les paupières une pellicule et sur les paupières des murailles d'ouate. Je ne devais pas parler, car la parole tirait sur les clous du pansement. "Vous dormiez," me dit le médecin plus tard. Je dormais! J'avais à tenir tête à la lumière de sept jours: un bel embrasement! Oui, sept jours ensemble, les sept clartés capitales devenues la vivacité d'un seul instant me demandaient des comptes. Qui aurait imaginé cela? Parfois, je me disais: "C'est la mort; malgré tout, cela en vaut la peine, c'est impressionnant." Mais souvent je mourais sans rien dire. A la longue, je fus convaincu que je voyais face à face la folie du jour; telle était la vérité: la lumière devenait folle, la clarté avait perdu tout bon sens; elle m'assaillait déraisonnablement, sans règle, sans but. Cette découverte fut un coup de dent à travers ma vie.

Je dormais! A mon réveil, il me fallut entendre un homme me demander: "Portez-vous plainte?" Bizarre question adressée à quelqu'un qui vient d'avoir affaire directement au jour.

Même guéri, je doutais de l'être. Je ne pouvais ni lire ni écrire. J'étais environné d'un Nord brumeux. Mais voici l'étrangeté: quoique me rappelant le contact atroce je dépérissais à vivre derrière des rideaux et des verres fumés. Je voulais voir quelque chose en plein jour; j'étais rassasié de l'agrément et du confort de la pénombre; j'avais pour le jour un désir d'eau et d'air. Et si voir c'était le feu, j'exigeais la plénitude du feu, et si voir c'était la contagion de la folie, je désirais follement cette folie.

Dans l'établissement, on me donna une petite situation.

Je répondais au téléphone. Le docteur ayant un laboratoire d'analyse (il s'intéressait au sang), les gens entraient, buvaient une drogue; étendus sur de petits lits, ils s'endormaient. L'un d'eux eut une ruse remarquable: après avoir absorbé le produit officiel, il prit un poison et glissa dans le coma. Le médecin appelait cela une vilenie. Il le ressuscita et "porta plainte" contre ce sommeil fraudulex. Encore! Ce malade, il me semble, méritait mieux.

Bien que la vue à peine diminuée, je marchais dans la rue comme un crabe, me tenant fermement aux murs et, dès que je les avais lâchés, le vertige autour de mes pas. Sur ces murs, je voyais souvent la même affiche, une affiche modeste, mais avec des lettres assez grandes: Toi aussi, tu le veux. *Certainement, je le voulais, et chaque fois que je rencontrais ces mots considérables, je le voulais.*

Cependant quelque chose en moi cessait assez vite de vouloir. Lire m'était une grande fatigue. Lire ne me fatiguait pas moins que de parler, et la moindre parole vraie exigeait de moi je ne sais quelle force qui me manquait. On me disait: Vous mettez de la complaisance dans vos difficultés. Ce propos m'étonnait. A vingt ans, dans la même condition, personne ne m'aurait remarqué. A quarante, un peu pauvre, je devenais misérable. Et d'où venait cette fâcheuse apparence? A mon avis, j'attrapais cela dans la rue. Les rues ne m'enrichissaient pas comme elles auraient dû raisonnablement le faire. Au contraire, à suivre les trottoirs, à m'enfoncer dans la clarté des métros, à passer dans d'admirables avenues où la ville rayonnait superbement, je devenais extrêmement terne, modeste et fatigué et, recueillant une part excessive du délabrement anonyme, j'attirais ensuite d'autant plus les regards qu'elle n'était pas faite pour moi et qu'elle faisait de moi quelque chose d'un peu vague et informe; aussi paraissait-elle affectée, ostensible. La misère a ceci d'ennuyeux qu'on la voit, et ceux qui la voient pensent: Voilà qu'on m'accuse; qui m'attaque là? Or, je ne souhaitais pas du tout porter la justice sur mes vêtements.

On me disait (quelquefois le médecin, quelquefois des infirmières): Vous êtes instruit, vous avez des capacités; en laissant sans emploi des aptitudes qui, réparties entre dix personnes qui en manquent, leur permettraient de vivre, vous les privez de ce qu'elles n'ont pas, et votre dénuement qui pourrait être évité est une offense à leurs besoins. Je demandais: Pourquoi ces sermons? Est-ce ma place que je vole? Reprenez-la-moi. Je me voyais environné de pensées injustes et de raisonnements malveillants. Et qui dressait-on contre moi? Un savoir invisible dont personne n'avait la preuve et que moi-même je cherchais en vain. J'étais instruit! Mais je ne l'étais peut-être pas tout le temps. Capable? Où étaient-elles, ces capacités qu'on faisait parler comme des juges siégeant en robe sur du bois et prêts à me condamner jour et nuit?

J'aimais assez les médecins, je ne me sentais pas diminué par leurs doutes. L'ennui, c'est que leur autorité grandissait d'heure en heure. On ne s'en aperçoit pas, mais ce sont des rois. Ouvrant mes chambres, ils disaient: Tout ce qui est là nous appartient. Ils se jetaient sur mes rognures de pensée: Ceci est à nous. Ils interpellaient mon histoire: Parle, et elle se mettait à leur service. En hâte, je me dépouillais de moi-même. Je leur distribuais mon sang, mon intimité, je leur prêtais l'univers, je leur donnais le jour. Sous leurs yeux en rien étonnés, je devenais une goutte d'eau, une tache d'encre.

Je me réduisais à eux-mêmes, je passais tout entier sous leur vue, et quand enfin, n'ayant plus présente que ma parfaite nullité et n'ayant plus rien à voir, ils cessaient aussi de me voir, très irrités, ils se levaient en criant: Eh bien, où êtes-vous? Où vous cachez-vous? Se cacher est interdit, c'est une faute, etc.

Derrière leur dos, j'apercevais la silhouette de la loi. Non pas la loi que l'on connaît, qui est rigoureuse et peu agréable: celle-ci était autre. Loin de tomber sous sa menace, c'est moi qui semblais l'effrayer. A la croire, mon regard était la foudre et mes mains des occasions de périr. En outre, elle m'attribuait ridiculement tous les pouvoirs, elle se déclarait perpétuellement à mes genoux. Mais, elle ne me laissait rien demander et quand elle m'avait reconnu le droit d'être en tous lieux, cela signifiait que je n'avais de place nulle part. Quand elle me mettait au-dessus des autorités, cela voulait dire: vous n'êtes autorisé à rien. Si elle s'humiliait: vous ne me respectez pas.

Je savais qu'un de ses buts, c'était de me faire "rendre justice." Elle me disait: "Maintenant, tu es un être à part; personne ne peut rien contre toi. Tu peux parler, rien ne t'engage; les serments ne te lient plus; tes actes demeurent sans conséquence. Tu me foules aux pieds, et me voilà à jamais ta servante." Une servante? Je n'en voulais à aucun prix.

Elle me disait: "Tu aimes la justice. —Oui, il me semble. — Pourquoi laisses-tu offenser la justice dans ta personne si remarquable? — Mais ma personne n'est pas remarquable pour moi. — Si la justice s'affaiblit en toi, elle devient faible dans les autres qui en souffriront. — Mais cette affaire ne la regarde pas. — Tout la regarde. — Mais vous me l'avez dit, je suis à part. — A part, si tu agis; jamais, si tu laisses les autres agir."

Elle en venait à des paroles futiles: "La vérité, c'est que nous ne pouvons plus nous séparer. Je te suivrai partout, je vivrai sous ton toit, nous aurons le même sommeil."

J'avais accepté de me laisser enfermer. Momentanément, me disait-on. Bien, momentanément. Pendant les heures de plein air, un autre résident, vieillard à la barbe blanche, me sautait sur les épaules et gesticulait au-dessus de ma tête. Je lui disais: "Tu es donc Tolstoï?" Le médecin me jugeait pour cela bien fou. Je promenais finalemant tout le monde sur mon dos, un noeud d'êtres étroitement enlacés, une société d'hommes mûrs, attirés là-haut par un vain désir de dominer, par un enfantillage malheureux, et lorsque je m'écroulais (parce que je n'étais tout de même pas un cheval), la plupart de mes camarades, dégringolés eux aussi, me rouaient de coups. C'étaient de joyeux moments.

La loi critiquait vivement ma conduite: "Autrefois, je vous ai connu bien différent. —Bien différent? — On ne se moquait pas de vous impunément. Vous voir coûtait la vie. Vous aimer signifiait la mort. Les hommes creusaient des fosses et s'enfouissaient pour échapper à votre vue. Ils se disaient entre eux: Est-il passé? Bénie la terre qui nous cache. — On me craignait à ce point? — La crainte ne vous suffisait pas, ni les louanges du fond du coeur, ni une vie droite, ni l'humilité dans la poussière. Et surtout qu'on ne m'interroge pas. Qui ose penser jusqu'à moi?"

Elle se montait singulièrement la tête. Elle m'exaltait, mais pour s'élever à ma suite: "Vous êtes la famine, la discorde, le meurtre, la destruction. — Pourquoi tout cela? — Parce que je suis l'ange de la discorde, du meurtre et de la fin. — Eh bien, lui disais-je, en voilà plus qu'il ne faut pour nous enfermer tous deux." La vérité, c'est qu'elle me plaisait. Elle était dans ce milieu surpeuplé d'hommes le seul élément féminin. Elle m'avait une fois fait toucher son genou: une bizarre impression. Je le lui avais déclaré: Je ne suis pas homme à me contenter d'un genou. Sa réponse: Ce serait dégoûtant!

Voici un de ses jeux. Elle me montrait une portion de l'espace, entre le haut de la fenêtre et le plafond: "Vous êtes là," disait-elle. Je regardais ce point avec intensité. "Y êtes-vous?" Je le regardais avec toute ma puissance. "Eh bien?" Je sentais bondir les cicatrices de mon regard, ma vue devenait une plaie, ma tête un trou, un taureau éventré. Soudain, elle s'écriait: "Ah, je vois le jour, ah, Dieu," etc. Je protestais que ce jeu me fatiguait énormément, mais elle était insatiable de ma gloire.

Qui vous a jeté du verre à la face? Cette question revenait dans toutes les questions. On ne me la posait plus directement, mais elle était le carrefour où conduisaient toutes les voies. On m'avait fait observer que ma réponse ne découvrirait rien, car depuis longtemps tout était découvert. "Raison de plus pour ne pas parler. — Voyons, vous êtes instruit, vous savez que le silence attire l'attention. Votre mutisme vous trahit de la manière la plus déraisonnable." Je leur répondais: "Mais mon silence est vrai. Si je vous le cachais, vous le retrouveriez un peu plus loin. S'il me trahit, tant mieux pour vous, il vous sert, et tant mieux pour moi que vous déclarez servir." Il leur fallait donc remuer ciel et terre pour en venir à bout.

Je m'étais intéressé à leur recherche. Nous étions tous comme des chasseurs masqués. Qui était interrogé? Qui répondait? L'un devenait l'autre. Les mots parlaient seuls. Le silence entrait en eux, refuge excellent, car personne que moi ne s'en apercevait.

On m'avait demandé: Racontez-nous comment les choses se sont passées "au juste." — Un récit? Je commençai: Je ne suis ni savant ni ignorant. J'ai connu des joies. C'est trop peu dire. Je leur racontai l'histoire tout entière qu'ils écoutaient, me semble-t-il, avec intérêt, du moins au début. Mais la fin fut pour nous une commune surprise. "Après ce commencement, disaient-ils, vous en viendrez aux faits." Comment cela! le récit était terminé.

Je dus reconnaître que je n'étais pas capable de former un récit avec ces événements. J'avais perdu le sens de l'histoire, cela arrive dans bien des maladies. Mais cette explication ne les rendit que plus exigeants. Je remarquai alors pour la première fois qu'ils étaient deux, que cette entorse à la méthode traditionnelle, quoique s'expliquant par le fait que l'un était un technicien de la vue, l'autre un spécialiste des maladies mentales, donnait constamment à notre conversation le caractère d'un interrogatoire autoritaire, surveillé et contrôlé par une règle stricte. Ni l'un ni l'autre, certes, n'était le commissaire de police. Mais, étant deux, à cause de cela ils étaient trois, et ce troisième restait fermement convaincu, j'en suis sûr, qu'un écrivain, un homme qui parle et qui raisonne avec distinction, est toujours capable de raconter des faits dont il se souvient.

Un récit? Non, pas de récit, plus jamais.

Designed by George Quasha and Susan Quasha.